川柳集

カメレオン

徳道かづみ

港の人

目次

カメレオン

カメレオンなりたい君になれたのか
誠実にあたしの嘘の全記録
正確な四角を書けぬまま大人

似た者が似た夢を見る屋台酒
星を売るたびに悲しくならないか
豆腐です柔らかいけど四角です

泣き声のあれはブルースあれはジャズ

ファの音が思い出せないピアニスト

ひまわりの黄色　愛したかった人

個性とや色鉛筆の白でいる
原色を纏《まと》い生涯敵役《かたき》
フェイクファーコートをまとう負け上手

冤罪のどこまで続く低い空

まだ嘘はつける落葉樹のみどり

八百長で負けるあたしの役どころ

空に月　あたし誰の子地球の子

翼など欲しくなかった人魚姫

混ぜられぬ三原色を抱いたまま

迷ったら三角座りして休む

経歴書　ずっと人間です以上

虹色

虹色や性は聖なる生である

渇仰や花芯むき出すチューリップ

何が純愛　素足で卵踏み潰す

きらきらと嗚呼きらきらと嘘がある
母性蹂躙ザクロに指を突っ込んで
暗転の刹那誰かを刺した手だ

極刑のごとく吊るされ薔薇乾く

湯を浴びるしばし菩薩になる乳房

花売りの少女いつかのわたしの瞳

何処へ行くため男は汗を滴らす

産声に似たる絶叫して女

正解が出ないカルピス濃く薄く

生まれない権利を行使した天使
憎しみをころせば愛も息絶える
朽ちてゆく君を生涯記憶する

言い訳はもう出尽くした青い舌

生まれても生まれなくてもあたしの子

もう君を傷つけないと雨しきり

からっぽの子宮きしきし鳴く朝だ
跪《ひざまず》く誰に懺悔をするでなく

煮ころがし

家族とや屋根で蓋する煮ころがし

故郷《ふるさと》を憎む理由に停留所

故郷なれば日本海の波激し

切ったものキャベツれんこん親の愛

泣く父を許せなかった日のビール

缶ビール五本並べてどれが親

月清《さや》かやっと赦されたか祖母よ
凍えつつ逝く習わしのある家か
逝く人へ雪は静かに降り注ぐ

眠る骨わたしが父と呼んだ人

兄嫁に花を選ばせ墓参り

母が病む今年は破壊的猛暑

柿一個握りつぶして母ごろし

山越えて伸びてくる影故郷とは

飲み干したグラスの底に亡父《ちち》がいる

食いしばる奥歯の奥の親知らず

月澄みぬ母を泣かせて眠る夜

疑似家族ペットボトルのお茶の味

耳鳴りの奥にどこまで海がある

四捨五入すれば淋しくない別れ

ツチノコ

ツチノコがまだ見つからぬ旅である

一匹の蟻が明日を探してる

無駄なこと何ひとつなく蟻の道

海青し船はゆらりと迷い出す

何処にでも行ける気がした夜の駅

発車ベル諦めてなどいないこと

夢がある方角を指す羅針盤
流されてうっかり着いた宝島
巻貝の回り道した数の渦

親指を噛んで見送る船がある

通過する駅を数えるための旅

あの夏の風を探しているのです

また誰か泣いたのだろう桃熟れる

辿り着く岸辺にきっと咲くダリア

点滅の青信号に走り出す

幸せが待つ約束はない旅だ
進むほど地図は白紙に近くなる
一箱の煙草　わたしにある勇気

命綱切れば涼しき崖の風

牙を抜くあたしはきっとここで死ぬ

賞罰なし

渡世とや辛さ忘れた唐辛子

経歴詐称職業欄に「神」と書く

淡々と給料分は憎まれる

まっとうな犬は尾を振るお手をする

食わねばならず生きねばならず押す判子

正論は美し　生ごみは臭し

一枚になって赤さを増す舌だ

本当は君が座ったはずの椅子

凛として保つ恩知らずの微笑

正論が通る　あたしの月歪む

にわか雪だけが事件で終わった日

履歴書に賞罰なしと書き無言

凡の字のハネ強く書き立ち上がる
みんな優しいみんな哀しい橋の上
泣くほどのことか陸橋渡りきる

レモンハイ頑張らないという努力

背負うべきものを背負って吠える犬

進むしかないのだ月のベージュ色

泣け叫べ傷つけそして立てあたし
泥水を飲んでこの世にしがみつく

アブサン

アブサンを二杯なんとかなるでしょう
色街の雨は冷たし頬に降る
飾られて不敗神話は黄ばみゆく

勝鬨《かちどき》や泣かぬ者から膝を折り

冬の夜の夢見る者の目の透度

煙草の葉こぼれて悔いは悔いのまま

敗北の夜は獣の息に似る
祈らない　夜は必ず明けるから
名を持たぬ者に優しきワンカップ

屈辱に似た味だった不戦勝

ぬくもりが残る王者の椅子がある

泣かせたい人もいなくてラムコーク

星に名を付けてそのまま眠った日
あたしの味方ドン・ペリニョンの細い泡
安酒場ひとりぼっちの魔女がいる

朝焼けのそれがなんだという覚悟
それからを問わぬ熱燗コップ酒
絶望が諦めるまで泳ぐのだ

月に暈今日は泣いても負けじゃない
顔上げてあたしに勝っていくあたし

茄子を焼く

言い訳は最初に聞こう塩キャベツ

極上の男一匹飼っている

女王になろう　王たる君のため

子を産まぬ罪と決意と快楽と

胸元に理由は問わぬ傷の跡

柿熟す男女友情物語

鎖なら断ち切ればよい象二頭

過去を問う瞳が昏く燃えている

コンセント抜けば静かになる男

銃口をあたしに向けて立ちなさい

疑いを孕み入道雲白し

墜落の高度を誇る鳥だった

閉じること許されなくて仏の目

妬心とや辛子蓮根ガリと嚙む

人並みの嫉妬はしますす柚子こしょう

罵りにピリオド打たぬことも愛
手を洗う君を正しく殴るため
零れゆく君を掬おうとした手だ

サボテンが咲いたあなたを捨てた夜
茄子を焼く言いたいことは言い終えた

火気厳禁

煮くずれてからのかぼちゃの自己主張

ハイヒールダッシュあたしは元気です

いつだってジョークスキップチューリップ

マジシャンのミスに拍手を喝采を
黄昏のラインダンスを踊るのだ
いつからか帽子を深くかぶる癖

真実は人の数だけある現場

多数決で決められていく幸不幸

本気ですかと棚の福助立ち上がる

何もないてのひらだから合掌す

泣かないさあたし昭和の女だし

いつまでも続くあたしの反抗期

青春は死んだ尾崎が死んだ日に
花車ご都合主義が通ります
薔薇ばかり咲かせるろくでなしだった

火気厳禁わたし全身導火線
ジンライムあたし反抗的いい子
飾らない女でいよう塩むすび

ケンケンパ最後の円が落とし穴

自首しようアンパンマンを食べました

またおいで

七味振る傷つくほどじゃない噂

栗の実は栗の木になる決まりごと

淋しいか淋しいならばワンと鳴け

手を重ねどこまで許しあえるだろう

なつかないい猫と暮らして三ヶ月

此処にいていいかいいかと鳴くな猫

絶望のシーラカンスは沈黙す
はまぐりのあっけらかんと開く␣
うさぎが勝った御伽話を知らないか

白シャツを白く洗って共犯者

泣く夜は誰より強くなれ　猫よ

ごきぶりの何千年という命

縄張りがあって金魚の泳ぐ位置

ヒト図鑑あたし絶滅危惧品種

君だけが忘れなかった約束だ

昨日まで友達だった人の傘
ふるさとへ帰ると君は言う笑う
引き止める理由を持たず吸う煙草

許すのはきっと許されたいからだ

この街にあたしは居るよ　またおいで

微炭酸

初恋やキリンレモンの微炭酸

名は知らずただ紫の花でした

この恋もデッドボールで出塁す

春キャベツ愛と呼ぶにはまだ早く
綿菓子の国に暮らしてみませんか
好き嫌い好きも嫌いも愛してる

裏切りの甘美　まっすぐ降る雨だ

我が肩を抱けばこんなにあたたかい

さよならの「さ」から震えて言えません

過去は美化して氷柱花鮮やかに

愛ですか　軽く炙《あぶ》ってくれますか

潔く純度百パーセント嘘

女狐の騙し続ける心意気
あの頃の君に出逢えるナポリタン
まだ好きで震え続ける膝がしら

一粒の涙　塩分濃度過多
結論は出さなくていい蒸し餃子
見せたい人に間に合ったのか　なぁ桜

本気でしたとためらい傷が古びゆく
知恵の輪が解けた　別れの時間です

歩く道

月に哭く未だ悟れぬ我に哭く

診断書抱いて雑踏駆け抜ける

世に咲けば蔑みとなる花だから

全身で泣けば全身嘘になる

もぐら死ぬ光あふれる草原で

みな無口たった一人を追いながら

あたしの命あたしのものとして命
とぐろ巻く蛇に親しき冬の午後
どうしようもないから流れよう海へ

満ち足りて死ぬには少し足りぬ金

毒蛇の己の毒で死ぬ予定

死ねそうな青さで海は広がりぬ

引き出しに黄ばみ始めた遺書がある
昨日までのかづみは昨日死にました
孵《かえ》らない卵を抱いて崖に立つ

ししとうの当たりはずれもある未来
ふきのとう全ての過去を書き換える
変わりゆくものと変わらぬもの　東京

一冊の句集を置いて　雷雨の日

月に照らされあたしの歩く道がある

あとがき

わたしにとって、二冊目となる個人川柳集です。第一川柳集『あんた』を出したのは二〇〇四年。あれから十六年も経っていたのですね。時が流れるのは早いものです。

この十六年。師である時実新子先生も亡くなられ、時に迷いながらも川柳を続けてきました。大きく変わったことと言えば、古川柳にのめり込んだことでしょうか。川柳誌「現代川柳」で古川柳エッセイ「古川柳かづみ読み」の連載を始めて八年になります。機会があれば、ぜひご一読ください。

表紙イラストを担当してくれた高橋秀武氏、港の人の上野勇治様、そして読んで下さった皆様に、感謝いたします。

二〇二〇年十一月　　　　東京にて　徳道かづみ

徳道かづみ（とくみち・かづみ）

一九七三年　富山県生まれ
一九九一年　とやま文学賞（短歌部門）入賞
一九九六年　東京学芸大学卒業
　　　　　　時実新子選の川柳欄へ投句を始める
一九九七年　月刊「川柳大学」に参加、終刊まで会員
二〇〇八年　現代川柳研究会「現代川柳」に参加
現　　在　「現代川柳」会員

著作
二〇〇四年　川柳集『あんた』（第八回自費出版文化賞）
二〇〇五年　川柳集『タッグマッチ』（渡辺美輪と共著）
二〇〇七年　川柳＆エッセイ『川柳タッグマッチ』（渡辺美輪と共著）

川柳集　**カメレオン**

二〇二〇年十一月六日初版第一刷発行

著　者　徳道かづみ
発行者　上野勇治
発　行　港の人
神奈川県鎌倉市由比ガ浜三―一一―四九
郵便番号二四八―〇〇一四
電話〇四六七―六〇―一三七四
ファックス〇四六七―六〇―一三七五
装　丁　港の人装本室
印刷製本　創栄図書印刷

ISBN978-4-89629-382-1